SUCCESSFUL
AUTHOR

Laxmi Singh (World Record Holder)
&
Rakesh Sharma (Astrologer, Teacher,Writer &
Motivational Speaker)

TRUE SIGN
PUBLISHING HOUSE

Published by True Sign Publishing House
Address: SY. No. 21/2 & 21/3, Sonnenahalli,
Krishnarajapura, Bengaluru,
Karnataka - 560049 India
E-mail: truesignbooks@gmail.com
Website: www.truesign.in

Successful Author

Laxmi Singh (World Record Holder)
&
Rakesh Sharma (Astrologer, Teacher, Writer
& Motivational Speaker)

ISBN: 978-93-5584-958-8

First Edition: 2023

भूमिका

Successful author किताब में 20 कामयाब लेखकों का वर्णन लक्ष्मी सिंह और राकेश शर्मा ने किया है जिसे हिन्दी और अंग्रेज़ी में लिखा गया है क्योंकि कुछ लेखक साऊथ इंडियन भी है और भी अलग - अलग जगह से है जिन्हें हिन्दी नहीं आती इसलिए दोनों भाषाओं में लिखा गया है राकेश शर्मा का ये मानना है कि कुछ लेखक ऐसे भी है जिनका वर्णन कर पाना बहुत मुश्किल है क्योंकि कम उम्र में ही वो लोग अलग ही महारथ हासिल कर लिए इस लिए इस किताब में उन लेखक और लेखिकाओं की जीवनी लिखी गई है और अगर बात करे लक्ष्मी सिंह की तो इनकी सोच और इनके विचार ऐसे है जिसको शब्दों के माध्यम से बंया नहीं किया जा सकता

अंग्रेजी भाषा में लेखकों का जीवन परिचय लिखने का कार्य राकेश शर्मा जी ने किया है और हिन्दी भाषा में लेखकों का जीवन परिचय लिखने का कार्य लक्ष्मी सिंह ने किया है हिन्दी में इनकी पकड़ और शब्द दोनों ही बहुत मजबूत है

पश्चाताप में बीता कल नहीं बदल सकता
परन्तु संघर्ष आने वाला कल जरूर बदलेगा
जीवन उस पहेली का नाम है जो हर किसी को समझ नहीं आती
और जिसे आ जाती है तो उसकी कायाकल्प ही पलट कर रख देती है

लक्ष्मी सिंह

लेखिका का जीवन परिचय

लक्ष्मी सिंह का जन्म उत्तर प्रदेश के जौनपुर जिले के पूराबघेला गाँव में 7 नवंबर 1999 मे हुआ इनके पिता जी का नाम "श्री राजेश्वर सिंह" जो कि पेशे से एक किसान है और माँ का नाम "ऋतु सिंह" जो कि बाल विकास परियोजना के तहत शिक्षिका के रूप में कार्यरत हैं गाँव के विद्यालय से प्रारंभिक शिक्षा प्राप्त करने के बाद एम. एस इंटर कॉलेज से 12वीं तक की शिक्षा प्राप्त की तत्पश्चात आर.एल पी.जी कालेज से स्नातक की शिक्षा प्राप्त की।

इनके दादा जी "स्व. मंगला प्रसाद सिंह (मंगलेश) " जी हिन्दी साहित्य के शिक्षक होने के साथ - साथ एक कवि और समाज सेवी भी थे।

लक्ष्मी को बचपन से ही लिखने का बहुत शौक था लेकिन इनके सपने कुछ और ही थे रेलवे में नौकरी करने का इनका सपना था बहुत कोशिशों के बाद भी ये सफल न हो सकीं फिर इन्होंने लिखना प्रारंभ किया और बहुत ही कम दिनों में अपनी एक अलग बना लीं इनकी पहली पुस्तक "स्याही के रंग" जिसे "लक्ष्मी सिंह" और "राकेश शर्मा" ने लिखा उस किताब ने

इंटरनेशनल बुक ऑफ वर्ल्ड रिकॉर्ड मे जगह बनायीं

और दुसरी किताब " मेरा सफरनामा " जो महज़ 5 दिनों में लिखी गई थी और तीसरी किताब "आखिरी तस्वीर" जल्द ही आई है

इन्होंने 27 संकलन में सह लेखिका के रूप में कार्य किया और बहुत ही बेहतरीन प्रदर्शन रहा इनका क्योंकि लोगो को इनकी रचनाएँ काफी पसंद आयीं ये 87सम्मान प्रमाण पत्रों द्वारा सम्मानित की जा चुकीं है भारत ही नहीं बल्कि पाकिस्तान और अफ्रीका के लेखकों के साथ भी कार्य किया और 2021 में सबसे ज्यादा उपलब्धियां कि जिसकी वजह से इनको अचीवमेंट आफ द ईयर का अवार्ड मिला

लक्ष्मी सिंह की स्वरचित पुस्तकें-

1. स्याही के रंग
2. मेरा सफरनामा
3. आखिरी तस्वीर
4. पाकीज़ा
5. भारत का स्वर्णिम इतिहास
6. Successful Author
7. Best teacher Dedicated to "RAKESH SHARMA"

जब हम भाषा को महत्व देते हैं तो भाषा हमें महत्व देकर एक उच्चतम शिखर तक ले जाती है और लेखक केवल लेखक होता है उसे स्त्री या पुरुष के खाचें में मापना गलत होगा लेखक कभी भी धर्मनिरपेक्षता और जातिवाद को बढ़ावा नहीं देता है उसका काम है लिखना और उसकी अंतरात्मा से जो शब्द निकलते हैं उन्हीं शब्दों को वह उकेरते हुए उनकी माला पिरो कर कागज के पन्नों पर लिखता है वो शब्द केवल शब्द नहीं होते बल्कि वह शब्द होते हैं जो काफी गहन चिंतन के बाद हमारे मस्तिष्क में अनुत्तरित होते हैं

राकेश शर्मा

लेखक का जीवन परिचय

राकेश शर्मा का जन्म 4 नवंबर 1991 में मध्य प्रदेश के सागर जिले में हुआ इनके पिता जी का नाम "श्री माखनलाल शर्मा" जो कि रिटायर फॉरेस्ट ऑफिसर हैं और माता का नाम "शशि शर्मा" जो कि हाउसवाइफ है इन्होंने स्नातकोत्तर की शिक्षा बी.जे.सी (मास कम्युनिकेशन) डॉक्टर हरिसिंह गौर विश्वविद्यालय सागर से प्राप्त की यह एक शिक्षक होने के साथ-साथ एक मोटिवेशनल स्पीकर सोशल वर्कर एस्ट्रोलॉजिस्ट और लेखक भी हैं।

इनकी पहली किताब स्याही के रंग जो कि एक संकलन थी उस और उस किताब ने इंटरनेशनल बुक ऑफ वर्ल्ड रिकॉर्ड में अपनी जगह बनाई, और इनकी दूसरी किताब "मेरिकल आफ थाट्स विचारों का चमत्कार" जो पाठकों को काफी पसंद आई और कुछ न कुछ सिखने को मिला लोगों को अब क्या लिखा जाए इनके बारे में एक तरह से ऑल राउंडर कह सकते हैं इन्होंने ना जाने कितने गरीबों और असहायों की मदद कि और उनको एक अच्छा रास्ता दिखाया सच तो यही है कि ऐसे लोगों की जरूरत है हमारे देश में जो अपने चरित्र को चरितार्थ कर अपने माँ बाप की परवरिश का डंका बजा जाये शतकोटि नमन् है उस मां को जिसने राकेश शर्मा को जन्म दिया

राकेश शर्मा जी की स्वरचित पुस्तकें-

1. स्याही के रंग
2. मेरिकल ऑफ थॉट्स (विचारों का चमत्कार)
3. आखिरी तस्वीर
4. जीवन का मापदंड
5. शहर - ए - जज्बात
6. successful Author

राकेश शर्मा जी को एक पुस्तक भी समर्पित की गई है Best teacher - Dedicated to RAKESH SHARMA जिसकी संपादक लक्ष्मी सिंह है और 25 सह- लेखकों के साथ इस किताब को लिखा गया है

पूजा गौतम

लेखिका का जीवन परिचय

इनका नाम पूजा गौतम है। यह दिल्ली की रहने वाली हैं। यह इतिहास और हिंदी में डबल मास्टर हैं। इनके द्वारा लिखी गई पुस्तक "मेलानकोलिक" में इन्होंने कविताओं और लेखों के माध्यम से अपने उदास व्यक्तित्व का विकास किया है। इनका मानना है कि ज्ञान का अर्जन कभी रुकना नहीं चाहिए, बल्कि यह निरंतर प्रवाहित और बढ़ता रहना चाहिए। यह महिलाओं की जागरूकता के बारे में अधिक लिखना पसंद करती हैं, या बल्कि ज्वलंत मुद्दों को उठाती हैं और अपने लेखन के माध्यम से एक प्रश्न चिह्न लगाती हैं कि कहां है अन्याय और अत्याचार का समाधान ? इन्हें कविता, शायरी, ग़ज़ल, निबंध और लेख लिखने का शौक है और इन्होंने इस क्षेत्र में कई प्रशस्ति पत्र भी जीते हैं। इन्हें भावों को शब्दों के माध्यम से लिखित रूप में दर्शाने का बहुत शौक है। यह लेखन के क्षेत्र में ऊंचाइयों तक पहुंचना चाहती हैं। इन्होंने २०+ पुस्तकों का संकलन किया है। "तारे ज़मीन" पत्रिका में इन्होंने वेश्यावृत्ति पर "पुरुष-लापरवाही" नामक कविता लिखी, जिसके लिए इन्हें "स्टार ऑफ़ द मैगज़ीन" से भी सम्मानित किया गया। इन्होंने "द ओपस कोलिज़ीयम" से "बेस्ट राइटर अवार्ड" और पब्लिशिंग एक्सपर्ट से "स्टैंडिंग ओवेशन अवार्ड" भी जीता है। यह हर चीज़ को बहुत गहराई से देखती है और भावनात्मक रूप से उसका मूल्यांकन करती है। इनका मानना है कि लेखन हमारे निजी जीवन से जुड़ा होता है और हम वही लिखते हैं जो हम महसूस करते हैं। आधार हमारे आसपास की चीज़ें और भावनाएं हैं।

इंस्टा - @ Seapearl700

मीतू चोपड़ा

लेखिका का जीवन परिचय

वह बी.एस.चोपड़ा और स्व . किरण चोपडा की बेटी मीतू चोपड़ा हैं। वह मध्यप्रदेश (जबलपुर) की रहने वाली हैं । वह २७ साल की है। वह एक अच्छी छात्रा है क्योंकि उसने स्कूल के साथ-साथ कॉलेज स्तर पर भी अच्छा प्रतिशत अंक हासिल किये हैं। वह स्कूल के समय में 'टॉपर' शब्द से भी लोकप्रिय हैं। उसे लिखना पसंद हैं।उन्होंने सेंट एलॉयसियस कॉलेज से एमएससी सी (पोस्ट) और बी.सी.ए (स्नातक) पूरा किया।उनको कई पुस्कार से सम्मानित भी किया गया हैं।

उपलब्धियां/पुरस्कार :-

1. 50+ लेखन प्रतियोगिताएं जीतीं।

2. तारे जमीं पर पत्रिका में प्रकाशित, फरवरी संस्करण 2021

3. राष्ट्रीय स्तर के समाचार पत्र (अमर स्तंभ, उत्तर प्रदेश) में प्रकाशित, मार्च 2021।

4. इंडियन प्रोफेशनल अवार्ड्स 2020 से 'एंथोलॉजी में उत्कृष्ट योगदान' शीर्षक से एक पुरस्कार प्राप्त किया।

5. राइटिंग कैटेगरी में अचीवर ऑफ ईयर 2020 से अवॉर्ड हासिल किया।

6. ओएमजी बुक ऑफ रिकॉर्ड्स से 'आउटस्टैंडिंग कंट्रीब्यूशन इन एंथोलॉजी' का खिताब हासिल किया।

7. ब्रावो इंटरनेशनल बुक ऑफ रिकॉर्ड्स से 'आउटस्टैंडिंग कंट्रीब्यूशन इन एंथोलॉजी' का खिताब हासिल किया।

8. वाहवाही पुरस्कार 2021 द्वारा आयोजित तालियां पुरस्कार जीते।

9. लेखक स्याही पुरस्कार 2021 के लिए नामांकित।

10. 'एंथोलॉजी में उत्कृष्ट योगदान' के लिए बुक रिकॉर्ड के हमेशा के लिए स्टार से मान्यता प्राप्त।

11. mypencildotcom पत्रिका में प्रकाशित, अप्रैल संस्करण 2021

12. "एंथोलॉजी में उत्कृष्ट योगदान" के लिए ब्रह्मांड विश्व रिकॉर्ड संगठन से एक पुरस्कार प्राप्त किया।

13. ‘लेखक की स्याही’ शीर्षक से वाहवाही पुरस्कार संगठन से एक पुरस्कार प्राप्त किया।

14. उन्हें हाल ही में मैजिक बुक ऑफ रिकॉर्ड से बेस्ट अचीवर्स अवार्ड 2021 में उनकी कविता पुस्तक ’बेस्ट ऑथर अवार्ड’ के लिए एक पुरस्कार मिला था।

15. मेरी किताब ‘माई पेन राइट्स’ को फॉरएवर स्टार बुक ऑफ वर्ल्ड रिकॉर्ड्स द्वारा ‘फास्टेस्ट कंपाइल्ड एंथोलॉजी’ में से एक के रूप में स्वीकार किया गया है।

अक्षिता अग्रवाल

कवयित्री, कहानीकार, लेखिका, सह-लेखिका एवं संकलनकर्ता

लेखिका का जीवन परिचय

नाम	-	अक्षिता अग्रवाल
साहित्यिक नाम	-	शब्दों की जादूगर

(इन्होंने 'ड्रॉप ऑफ चेंज पब्लिकेशन' से अपना साहित्यिक नाम 'शब्दों की जादूगर' कमाया है।)

जन्म	-	22 जुलाई 2000 को, मेरठ, उत्तर प्रदेश में

अक्षिता अग्रवाल अब दिल्ली में निवास करती हैं। इन्हें बचपन से ही कहानियाँ, कविताएँ और उपन्यास पढ़ने का शौक रहा है। साथ ही इन्हें संगीत सुनना भी बहुत पसंद है। साहित्य का अध्ययन करते हुए ही, इन्हें स्वयं में खुद लिख पाने की प्रतिभा का एहसास हुआ। फिर इन्होंने अपनी दसवीं कक्षा से लिखना आरंभ किया। इन्होंने दसवीं कक्षा में ही अपनी पहली कविता 'मैं कौन हूँ??....' लिखी।

इन्होंने लिखना तो कई सालों पहले शुरू किया परंतु अपनी रचनाएँ दुनिया के सामने लाना वर्ष 2021 से ही आरंभ किया। धीरे-धीरे इनकी कविताओं को काफी सराहना मिलने लगी।

इनकी नारी सशक्तिकरण पर लिखी हुई कविता 'एक दिन मैं भी दुल्हन बन कर जाऊँगी' काफी प्रसिद्ध हुई। इन्होंने अपनी इस कविता के लिए इस दुनिया में नारी सशक्तिकरण विषय पर सिर्फ़ 1 घंटे में लिखी हुई सबसे लंबी कविता का वर्ल्ड रिकॉर्ड बनाया है। इसी कारण इनका नाम 'ब्रावो इंटरनेशनल बुक ऑफ वर्ल्ड रिकॉर्ड्स' और INKZOID Book Of Records में 'WRITTEN LONGEST POETRY ON WOMEN EMPOWERMENT IN ONE HOUR' के टाइटल के साथ दर्ज़ है।

इनकी कविताएँ ही नहीं बल्कि इनकी कहानियों को भी काफी पसंद किया जाता है। इन्होंने 1 साल के अंदर ही लगभग डेढ़ सौ से अधिक संकलित पुस्तकों में भाग लिया है। यह कविताएँ और कहानियाँ तो लिखती ही हैं। साथ ही यह अपने प्रथम उपन्यास पर कार्य कर रही हैं।

आप इनकी रचनाएँ 'प्रतिलिपि' एप पर भी पढ़ सकते हैं। वैसे यह 'प्रतिलिपि' एप के अलावा 'स्टोरीमिरर' एप पर भी लिखती हैं। आप इनकी रचनाएँ इनके 'इंस्टाग्राम' अकाउंट @akshita22072000 पर भी पढ़ सकते हैं। यह 'लेखनी' और 'opine diaries' की वेबसाइट पर भी लिखती हैं।

यह 20 से अधिक पब्लिकेशन से जुड़ी हुई हैं। यह हर महीने 'ड्रॉप ऑफ चेंज पब्लिकेशन' की मंथली मैगजीन को भी कंपाइल करती हैं। यह इसी पब्लिकेशन में 'क्रिएटिव डायरेक्टर' की पोस्ट पर भी कार्यरत हैं।

इन्होंने 'पुष्पा पब्लिकेशन' से जुड़कर पॉडकास्ट में भी भाग लिया है और सर्टिफिकेट भी प्राप्त किया है। आप गूगल पर भी 'अक्षिता अग्रवाल पॉडकास्ट' सर्च कर सकते हैं।

यह 'words of soul publication' और 'serving you publication' की राइटिंग कम्युनिटी 'Literary Hub writing community' की कोर टीम मेंबर भी हैं।

उपलब्धियाँ -

1. इन्होंने अपनी कविता 'एक दिन मैं भी दुल्हन बन कर जाऊँगी' के लिए इस दुनिया में नारी सशक्तिकरण विषय पर सिर्फ़ 1 घंटे में लिखी हुई सबसे लंबी कविता का वर्ल्ड रिकॉर्ड बनाया है। इसी कारण इनका नाम 'ब्रावो इंटरनेशनल बुक ऑफ वर्ल्ड रिकॉर्ड्स' और INKZOID Book Of Records में 'WRITTEN LONGEST POETRY ON WOMEN EMPOWERMENT IN ONE HOUR' के टाइटल के साथ दर्ज है।

2. इन्होंने सन् 2023 में 2 नेशनल अवॉर्ड्स भी प्राप्त किए हैं -

1. Dr. APJ Abdul Kalam National Excellence Award

2. Rabindranath Tagore Literature Award

'रविंद्र नाथ टैगोर लिटरेचर अवॉर्ड'

3. इन्होंने Marvellous Award Ceremony (Organised by Publication Council of India) में 'बेस्ट कंपाइलर ऑफ द ईयर' का अवॉर्ड भी प्राप्त किया है।

4. इन्होंने एक राइटिंग कम्युनिटी (Blossom Dreams writing community) में Hearty Writer का टैग भी प्राप्त किया है।

5. इन्होंने साल 2022 में अपनी माँ के जन्मदिन पर उन्हें एक किताब कंपाइल करके उपहार के तौर पर उन्हें दी थी। जिसके कवर पेज पर उनकी और उनकी माँ की तस्वीर है और उस किताब का नाम 'माँ.... मैं तेरी परछाई' है। यह किताब अलग-अलग ऑनलाइन प्लेटफॉर्म पर उपलब्ध है। लेखिका के अनुसार यह उनके जीवन की सबसे बड़ी उपलब्धियों में से एक है।

संकलन पुस्तकें - शब्दों के मोती, परिवार, ये बहार एक तरफ़ा, ये बारिश की बूँदें, दोस्ती.... एक अनमोल रिश्ता, दम है तो पकड़ो, माँ.... मैं तेरी परछाई और अन्य।

(आप इनकी सभी किताबों के बारे में जानने, पढ़ने या खरीदने के लिए amazon app पर भी Akshita Aggarwal books सर्च कर सकते हैं।

इनकी प्रथम एकल पुस्तक - चमकते सितारे एवं अन्य 99 कविताएँ

(इस किताब का पेपरबैक एडिशन अमेजॉन ऐप पर उपलब्ध है।)

इनकी प्रसिद्ध कविताएँ - एक तरफा प्यार, खिड़कियाँ, एक दिन मैं भी दुल्हन बन कर जाऊँगी, संवेदनाओं की मौत, कलयुग का तराजू, चमकते सितारे, आराम, इंद्रधनुष, अनुकूलन, राष्ट्रीय ध्वज, अगर मैं ईश्वर होती, हमारा भारत, मातृभाषा, चेतना की धारा, पत्थर, अजनबी से मुलाकात आदि।

(इनकी एक रचना 'खिड़कियाँ' अमृत राजस्थान अखबार में भी प्रकाशित हो चुकी है।)

इनकी प्रसिद्ध कहानियाँ - बरसात की उस रात में, लंबे नाखूनों का शौक या ज़रूरत, दम है तो पकड़ो, दुनिया खत्म होने वाली है, एक प्यारा-सा बदला, एक कटोरी गुलाब जामुन, खौफ की एक रात, आलिया भट्ट तो सुपर हीरो है, सबसे बड़ा रोग, क्या कहेंगे लोग! आदि।

इनके प्रसिद्ध लेख - गणतंत्र, LGBTQ (समलैंगिक) और राष्ट्रीय स्वतंत्रता।

प्रतिलिपि आईडी - Akshita Aggarwal

Email ID - akshita22072000@gmail.com

Insta I'd - @akshita22072000

(आप इनका इंटरव्यू भी इनके इंस्टाग्राम के बायो में एक लिंक है उस पर क्लिक करके सुन सकते हैं।)

लेखिका अक्षिता अग्रवाल के बारे में और अधिक जानने के लिए आप गूगल पर राइटर अक्षिता अग्रवाल या Writer Akshita Aggarwal सर्च कर सकते हैं।

अंजू कंवर

लेखिका का जीवन परिचय

राजस्थान की रहने वाली अंजू कंवर का जन्म जयपुर जिले के कस्बे में हुआ, इनके पिता का नाम अरुण सिंह तंवर और माता सुमन कंवर है।

सूबे. परिक्षित सिंह तंवर दादाजी इनके प्रेरणा स्रोत रहे है।

इनकी शिक्षा कला से हुई है इसलिए कला की प्रत्येक कलाएं इन्हे अपनी ओर आकर्षित करती है। यह जूडो की राज्य स्तर पर खिलाड़ी रही है। ये एम. ए भूगोल और बीएड धारी है। इन्होंने अपनी लेखन की शुरआत बचपन से करदी थी। 2010 में जब इनकी लिखी हुई कविता "मां" राजस्थान पत्रिका में प्रकाशित हुई

जब से इनके लेखन पत्र पत्रिकाओं में छपने लगे।

धीरे धीरे इनका दौर शुरू हुआ और लिखना शुरू हुआ,

किसी कारणवश इनकी पुस्तकें प्रकाशित नहीं हो पाई।

इनकी दो पुस्तके "सफरनामा" और मिडनाइट सन" पुस्तके प्रकाशित हुई, जनवरी माह में तीसरी पुस्तक सुनहरे पंख में अपने पंखों को सहजते हुए इनकी एक पुस्तक और आ गई।

"फाग का गुलाल " इनकी साझा संकलन होली पर आई । पचास से भी अधिक सांझा संग्रह में इन्होंने अपनी रचनाएं प्रकाशित करवाई।

ऑनलाइन किंडल पर इनकी चार पुस्तके ई बुक के रूप में प्रकाशित है।

1. Clash of ocean waves

2. मेरी मां

3. स्याही के कागज

"प्रेम राग" कहानियों का संग्रह है, "आजादी एक नारी पहचान , बेड़ियां औरत का संघर्ष और अंजू काव्य संग्रह ये चार पुस्तके किंडल पर प्रकाशित है।

इनका लेखन महिलाओं और सामाजिक मुद्दों पर होता है, महिलाओं में हो रहे शोषण के विरुद्ध ये हमेशा आवाज उठाती है।

इन्होंने लेखिका पर अपने कई अवार्ड और मेडल प्राप्त किए है

1. ईश्वर चंद अवार्ड जो की इनकी पुस्तक सफरनामा पर इनको 2023 में मिला।
2. वर्ल्ड रिकॉर्ड वूमेन होल्डर अवार्ड जनवरी 2023 माह में मिला
3. रविन्द्र नाथ टैगोर अवार्ड दिसंबर 2022 में इनकी पुस्तक पर मिला
4. ग्लोबल वूमेन वर्ल्ड अवार्ड जनवरी 2023 में मिला।
5. बेस्ट ऑथर का अवार्ड
6. गृह लक्ष्मी मैगजीन में कविताएं प्रकाशित हुई
7. संस्कार न्यूज में कविताएं प्रकाशित
8. राजस्थान पत्रिका में कविता प्रकाशित
9. दहेज और बाल विवाह का लेख दैनिक भास्कर में प्रकाशित।
10. कैमल आर्ट और फाउंडेशन
11. इनका अपना एक ब्लॉग है "The Social connection" जिस पर निरन्तर लिखती रहती है।

भावना मोहन विधानी

लेखिका का जीवन परिचय

नाम   -   सौ,भावना मोहन विधानी

जन्म   -   14 अगस्त 2075

सौभाग्यवती भावना मोहन कुमार विधानी महाराष्ट्र के अमरावती जिले की निवासी है। भावना जी को बचपन से ही लेखन का बहुत शौक रहा है उन्होंने अपना लेखन सबसे पहले कक्षा सातवीं में एक हिंदी कविता से शुरू किया था। तब से लेकर उन्होंने b.a. द्वितीय वर्ष तक लेखन कार्य जारी रखा उसके पश्चात उनकी शादी हो गई और उनका लेखन कार्य बंद हो गया। हाल ही में जब कोरोना कॉल आया तब से उन्होंने फिर से अपना लेखन कार्य शुरू कर दिया।

उपलब्धियां :- भावना जी ने अब तक 300+साझा काव्य संकलन में अपनी रचनाएं दी है। भावना जी की कई रचनाएं लोकमत, नवभारत, प्रतिदिन अखबार, और अमृत राजस्थान जैसी पत्रिकाओं में प्रकाशित हो चुकी है। भावना जी व्हाट्सएप पर कई लेखन समितियों से जुड़ी हुई है और निरंतर अपनी कविताएं उनमें लिखती रहती है। भावना जी को अब तक, singer of the month, सप्ताह का सितारा, भारत माता अभिनंदन सम्मान, शिक्षक दिवस सम्मान, पर्यावरण मैत्री सम्मान, नटखट मुरलीधर सम्मान, प्राप्त हो चुके हैं। भावना जी ने कई ऑनलाइन कवि सम्मेलन में भी अपनी रचनाएं प्रस्तुत की है।

Email ID - bhavnavidhani7@gmail.com

@bhavnavidhani123

दीपांजली साहू

लेखिका का जीवन परिचय

नाम   -   दीपांजली साहू

पिता   -   श्री रामों साहू

माता   -   श्रीमती देवमती साहू

ये रायगढ़ जिले की निवासी हैं

इनकी शादी हो चुकी है इनका ससुराल महासमुंद जिला है,इनका एक बेटा भी है 5 साल का अब ये रायपुर छत्तीसगढ़ शहर में रहते हैं ।

पेशे से ये गृहिणी हैं

इनकी उपलब्धियां :-

इन्होंने पंडित रविशंकर शुक्ल विश्वविद्यालय से B.com 2 वर्ष की शिक्षा ग्रहण की है।

इन्हें नृत्य में बहुत रूचि है ये कक्षा 10 वीं

और कक्षा 12 वीं में प्रथम स्थान नृत्य में प्राप्त कर चुकी हैं।

इनकी एक एंथोलौजी पुस्तक प्रकाशित हो चुकी है (हाल ऐदिल) नाम से।

इनकी कविता यादों की बारात उत्तराखंड पत्रिका में प्रकाशित हुई है।

यह एक पारस स्वयं सेवी संस्था में शिक्षक के तौर से कार्यरत रह चुकी हैं।

ये अपनी writeup 8 और एंथोलौजी पुस्तक में दे चुकी है।

मनीषा कौशल

लेखिका का जीवन परिचय

इनका नाम मनीषा कौशल है। झीलों की नगरी भोपाल की ये रहने वाली है। वर्तमान में ये श्री भवंस भारती पब्लिक स्कूल में हिंदी शिक्षिका के पद पर कार्यरत हैं। इन्हें लिखने का शौक बचपन से था परन्तु अपने शौक को कभी व्यक्त नहीं किया। कोरोना काल के अन्तर्गत मन में बसी हुई सारी बातें इन्होंने लेखन के द्वारा व्यक्त की। पिछले 15 वर्षों से ये बच्चों को हिंदी पढ़ाती आ रही है। हिंदी साहित्य का लोगों के प्रति रुझान बढ़े इसके लिए मनसंगी साहित्य संगम संस्था की सह संस्थापिका के तौर पर हिंदी साहित्य पर भी कार्य कर रही है। हाल ही में अंतरराष्ट्रीय हिंदी ओलंपियाड में इनकी कविता का चयन हुआ है जिसके लिए इन्हें पुरस्कार प्राप्त हुआ है। लेखन क्षेत्र में ये और लिखना चाहती है।

जॉयस जया रौनियार

लेखिका का जीवन परिचय

जॉयस जया रौनियार नेपाल की एक आध्यात्मिक, आशावादी लड़की है, जो अपनी भावनाओं, विचारों और अनुभवों को कागज पर उतारकर स्याही के माध्यम से रखती है और जहां आप इसे पढ़ रहे हैं, उस पर विचार करना सार्थक समझ में आता है। उनकी शैक्षिक योग्यता के बारे में बात करते हुए, उनहोने गोल्डन फ्यूचर हायर सेकेंडरी स्कूल, बीरगंज और +2 एसएमसी, काठमांडू से पढ़ा है। किताबें पढ़ने की शौकीन होने के नाते, जल्द ही उन्हें उजाले की ओर, सेल्फ हैप्पीनेस, सारंग, स्क्रीम, लिटिल वर्ल्ड आदि जैसे विभिन्न संकलनों में सह-लेखक के रूप में पेश किया गया। वह पहले से ही "रियलिटी ऑफ लाइफ अदर दैन इल्यूजन" किताबों की लेखिका हैं। "फोर व्हील्स एरा" जो आपको गूगल बुक्स, एमेजॉन और किंडल में भी मिल सकता है। वह 'जीवन के अर्थ' की ब्रांड एंबेसडर भी हैं।

70+ एंथोलॉजी के सह लेखक, 3 पुस्तकों के लेखक, 6 एंथोलॉजी के कंपाइलर और एनएलएचएफ की 2 पुस्तकों के ब्रांड एंबेसडर होने के नाते, वह व्यक्त करने के लिए और भी बहुत कुछ चाहती है। वह रेडियो मेरी आवाज की पूर्व आर.जे. भी हैं। पांडुलिपि डिजाइनर, संपादक, ग्राफिकल डिजाइनर, प्रोमोटिनल मैनेजर, एनएलएचएफियन आदि

वह श्रेष्ठ उभरती लेखिका 2021 के लिए चुनी जा चुकी है ।

उनके लेखन की प्रेरणा शुभचिंतक और विशेष रूप से उनके अनुभव हैं जिन्हें वह आवाज देना चाहती हैं क्योंकि उनका मानना है कि हर चीज में एक अवधारणा है जिसे लिखा जाना है, बस इसके बारे में जागरूक होने की आवश्यकता है। वह हमेशा अपनी भावनाओं को शब्दों के रूप में रखती है।

लिखना उनका प्यार है जो कभी मिट नहीं सकता,ये मानती है लिखने के माध्यम से एक बदलाव सब कर सकते है ।

"चलो, मन के जज़्बातो को कोरे कागज पे उतारे "

इनसे जुड़ने के लिए आप यहाँ से जुड़ सकते है :

@jaya_uncaptured on instagram
@jaya_uncaptured on YourQuote
@jaya_uncaptured on YouTube

साथ ही आप इनके बारे में गूगल भी कर सकते है ।

युमना गुलवेज़

लेखिका का जीवन परिचय

युमना गुलवेज़ एक 14 साल की ग्रंथ सूची की आत्मा हैं जो कड़ी मेहनत, समर्पण, रचनात्मकता, धैर्य और आशावाद की सच्ची आस्तिक हैं। वह सबसे तेज़ एकल-पुस्तक लेखिका, सबसे तेज़ जीवनी लेखिका, सबसे तेज़ पांडुलिपि और सबसे युवा प्रकाशक होने के लिए कई विश्व रिकॉर्ड धारक हैं। इन्हें इंकज़ॉइड बुक ऑफ रिकॉर्ड्स, ओएमजी बुक ऑफ रिकॉर्ड्स और ग्लोरियस बुक ऑफ रिकॉर्ड्स द्वारा मान्यता प्राप्त है। टाइम्स ऑफ इंडिया, मालवा टाइम्स, डेली हंट, मीडियम, ईटीवी न्यूज़, ज़ी न्यूज़, स्टेट लेवल न्यूज़पेपर्स, फॉक्सइंटरव्यूअर, 15+ साक्षात्कारों के साथ Google खोज वगैरह में भी चित्रित हैं। युमना गुलवेज़ सर्विंग यू पब्लिकेशन और एक सामाजिक जागरूकता पहल, अपलिफ्ट एफएम की संस्थापक भी हैं। उन्हें मार्केटिंग, ब्लॉगिंग, डिज़ाइनिंग, सामग्री निर्माण, मुद्रास्फीति, स्टॉक, सोशल मीडिया, व्यवसाय आदि के क्षेत्र में कई अन्य इंटर्नशिप के साथ भारत के फ्यूचर टाइकून के रूप में भी प्रमाणित किया गया है। वह बड़े पैमाने पर कार्यों के माध्यम से क्रांतिकारी परिवर्तन में दृढ़ विश्वास रखती हैं।

AYUSHI SINGH

BIOGRAPHY

Ayushi Singh is 26 years old. She is a resident of Manendragarh, a small town in Chhattisgarh. She is looking forward in writing itself. Ayushi was already fond of sketching and writing stories and poetry, but now this is her first step in the world of writing. Ayushi believes that a medium is needed to express her thoughts and her feelings and for that this medium became writing. Ayushi never looked back and always tried hard in her work.

Achievement

1. Got certificate in leadership.
2. Won cash prizes and trophies in writing 3 contest
3. Got certificates of co-authorship in 10+ anthologies
4. She is orange belt in Karate.
5. Soon is going to publish her solo book.

BHAVYA

BIOGRAPHY

She is Bhavya, a 20 years girl, currently persuing Bachelors in Journalism and Mass Communication from New Delhi. Her Father name is Mr. Ajay kumar and He is working in Government Sector. Her Mother name is Mrs. Roopa and She is a home maker. She has 2 Siblings.

She is a certified co- author on Amazon.

Her Latest book is

1. "Tum Bin (Without you)"
2. Flying Without Wings
3. शिव शक्ति
4. My First Valentine's Week
5. भोलेनाथ की महिमा
6. कागज़ की कश्ती
7. Father A Man With Responsibilities
8. आशाये (Hopes)

And She is a Co-Author of many books which are coming soon.

And very soon her own book is being published (अनकही दास्ताएं)

She loves writing for people, writing to express her feelings and emotions in a language which cannot be spoken , a language yet understood by all the hearts in this universe, a language of her. Are you ready to help her to connect all these hearts together so that we can make this language richer?

DR. RITU GUPTA

BIOGRAPHY

Dr. Ritu, is a Globally Recognized, Highly Experienced Edupreneur. She is presently holding the post of the District President Kolkata West Bengal - All India Principal's Association. She is a Rigorously Trained Educator, a Passionate Author, an Empathetic Life Coach, An Athlete, A Social Activist and a Certified Counselor. Her motto is to serve her Country in her own small ways, by rendering her services, and imparting whatever she has learned, over the years. She aims to assist in nurturing the holistic development of children, the Future Of A Country with a vision and determination to contribute to a humane and a compassionate society.

She is the author of four SOLO BOOKS namely, "A PLACE IN THE SUN", " HUSHED ANGUISH", "THE PRIMROSE AISLE" and "AMOUR-PROPRE". Her books have been featured in Google and 26+ Social Media Platforms, amongst the 8 Most Exceptional Books Of 2023. She has co-authored more than Two Hundred Seventy Anthologies And Has Won "The Best Writer" Title In Cherry Book Awards (English), "Artist Of The Month" Title In International Magazines And "Best Co-author" Title In Many Anthologies.

She has also been honoured with the "APPRECIATION TITLE" in the Bravo International Book Of Records for her writeup on Womanhood, breaking the Taboo of the "PINK POWER".

Her writeups are consistently featured on various International Magazines And Other Literary Platforms.

She is five times World Record Holder and has been featured four times in Google Webstory and other Social Media Platforms as a mark of Honour for her ACHIEVEMENTS, as "The Most Inspiring Woman Of The Year" . She has bagged many National and International Awards and is an International Speaker cum Panelist in many Educational Institutions. She is currently volunteering in various NGOs catering to Social and Environmental Issues with a foresight to gift a greener, safer and healthier

World to the future generations. She believes in the Power Of "Us" and is a strong believer of "KARMA".

Search her to know more about her on Google and more than twenty six other Social Media Platforms as-

author ritu gupta OR Dr. Ritu Gupta- The Blooming Talent of Kolkata OR The Four Most Inspiring Women Of The Year AND ALSO on Azadi Ka Amrit Mahotsav Celebration By Inkzoid Foundation.

Insta ID- ritz_gupta0312.

LinkedIn Search: www.linkedin.com/in/dr-hc-ritu-gupta-ba088222b

VISHAKHA VERMA

BIOGRAPHY

Words have depth and so she is with words.A plain 26yr old girl who is graduate in biology. A reader who prefers books over humans and learner. A girl who loves to play badminton and cricket in her spare time. A gold medallist in badminton, javelin. In year 2018, though being a student of Magadh University, she made her place with her article in Patna University. An international e-magazine member(NAMASTE INDIA) and writer. A published author at Droplets of ink, TDS,COT, Brown Page, The Quidditch Ink,Phase 3 , Sian and many more across India as well as article writer at Kenya Times.She had compiled many books till date and still doing till date.

Her first work was published in book- TASTE OF LIFE and her first compiled book was- IMMORTAL.

Her works include – HOLDING THE ASHES, PREDICT, DEFINITION -A JOURNEY, IT'S ALL GREY and many more.

For more such work follow her on:-
Insta- vk_vmpe
Your quote – vishivmpe
Writco- @vishivmpe

MOHAMMED NIYAZ

BIOGRAPHY

Mohammed Niyaz hails from Mumbai - The City Of Dreams. He often loves to write poetries and short music video stories for his own youtube channel. Apart from this Mohammed is currently working on his upcoming anthologies, as well writing poetries since 2013. You can find him on facebook/mohammed niyaz as well on instagram @niyazsks.

Name - Mohammed Niyaz

Title - (Charm In Variations)

With 3500+ jingles he stood up besides one of the best till date.

A charisma whose remembrance is the most needful at any rate.

His voices made us feel what he elaborated.

Rhymes and rhythm that ensures to bring us under one dedicated.

Minutes of minus plus he jumps to a reference note.

Difference in what precisely previous or next remains unwrote.

Truth hidden under his pain was never seen till now before.

He made us believe and taught to love more and more.

Who needs whose attention we can't deny to the related rumours.

Naming and framing the music since generational humours.

A well settled multi genre language he served for.

Anticipation, participation of highly interest developed hour.

A true inspiration, dedication remarked his presence.

Never ever forgetable since we learned his absence.

Crossing and grossing reliables of lively notations.

Krishna Kumar Kunnath the legendary who describes "charm in variations".

© Mohammed Niyaz

KA. PARINASRI

BIOGRAPHY

Name: KA. PARINASRI

BIO: KA. PARINASRI

She is a passionate writer from Chennai. Writing makes her pressure go away. She had played the role of co-author for more than 200+ books, Compiled 80+ Books, And she is compiling many more which is on progress!

Her 1st and foremost book as a compiler was 'MY PEN FLOWS MY PAPER RECEIVES'

Wish You Were My Better Half is one of her favourite anthology - which hit the forever star award for compiling it within 24 hours.

She participated in many writing competitions,

And where she won the Price of Radha Krishna in silver under the FOI.

Well, She would like to thank her Loved ones for supporting her rather than stopping her from leading with her passion! Well, For being the main reason for achieving her dream.

She did her Intern in NDTV.

As well Got the chance to be the journalist.

Her solo books.

1. JP: The Blessed Better Half

2. The Utmost Desire of Roaring Shout

3. Why do I always fall for you (My passion - writing)

Her Dual books

1. The Ink They Shared Through Words

2. The Collaborate Authors

3. Pact With Mutual Emotions

She has dedicated many Books for her friends, By surprising them on their Birthday.

She dedicated a book for a professional Mermaid.

Whom she met on a Mermaid Show in Chennai.

For the 1st ever time, She tired of giving rise to a photo book including a single liner quotes with the help of her friend Niya.

She collected the 1st, 12 month pictures of the kid, And that photo book has the collection of the baby's memory and She wished to gift that on the kids 1st Bday.

Well, The best and happy part was, the book was launched by the kid on her birthday.

As well she is working on with her other solo and dual books!

NLHF: Noel Lorenz House of Fiction (PUBLISHERS).

She is also a part of NLHF.

She has played the role of Ambassador and the compiler in NLHF for the book called My Super Hero, which was dedicated to father on Father's day.

She also played role of the model in NLHF.

She was the Team Head in Book Benchers Publication which is affiliate of Aleay Publish

Under her so many books were published.

she had handled So many compilers and co-authors all alone.

Internationally:

Few of her poems were published internationally in 'The Mt.Kenya Times Newspaper' as well as in the Magazine of Kenya Times.

Also She was honoured to be the cover star of Classico Opine Magazine January 2023 Edition.

She is the National Honoarary Member of 'Namaste India International E-Magazine Group'

Well, She is also the part of the RK National Level Magazine.

Few of her paintings had been published in E-Magazine under Spirit Mania.

A few of her article was published in The Gram Today News Paper too.

Also she got the award of the best writer in Chennai under Jackhi's Gold Star Awards 2022.

She was one of the "Google Featured" on more

than 25 websites For "The Top 27 Best

Personalities Of The Year 2022"

She strongly believes that anyone could hurt her, But never her books could!!

RAJAT SINGH

BIOGRAPHY

He is Rajat Singh Gomti Nagar lives in Lucknow, he did his graduation from Lucknow University & he will score great marks in this course ,,and now they r pursuing B.Ed from Babu Banarsi Das University. BBDU ,,His father is a very honest & loyal person n always ready to help for others ,he is teacher by profession...in age of 23 Rajat has doing job in the feild of BPO, insurance n many more sector ,just for enhancing knowledge,& n knowing how to communicate with others people ,,, Rajat has so far ,,worked as a co-writer in 50 +collections. Has achieved the goal and is striving to create its best image in the society ..

Achievements :

Rajat has achieved in 2nd rank in the Namya foundation ,,& nominated as best 3 writers in the NWC magazine ..And he created a world record in the field of writing with his poems.,,And by presenting his excellent writing in the book My Superhero is My father ., he won the title of Best Author...

Similarly, with his untiring efforts and easy access, excellent writing, he is constantly trying to get immense affection from people by making his art of writing accessible.

And someone has told the truth that when a writer writes something with his pen on a blank paper, then he is living himself in that writing.

ISHRAT ASHRAF

BIOGRAPHY

Ishrat Ashraf daughter of Mohamad Ashraf Malik and Fareed Ashraf Malik.She is hailing from Panzinara Srinagar Jammu and Kashmir India. She is passionate about various activities like writing, calligraphy, debater, social worker and many more.She is co-author of Fifty plus books, compiler of two books (The Society and Blur Kashmir) and Author of Dark Endeavour.

She is national and international awardee like India Book of Records and Asia Book of Records holder ,Young women Achievers award 2021 , dedicated work award for social work and achieve many other awards.

"we cannot store the time ,but we save it but creating memories"

PRIYANSHI GADHVI

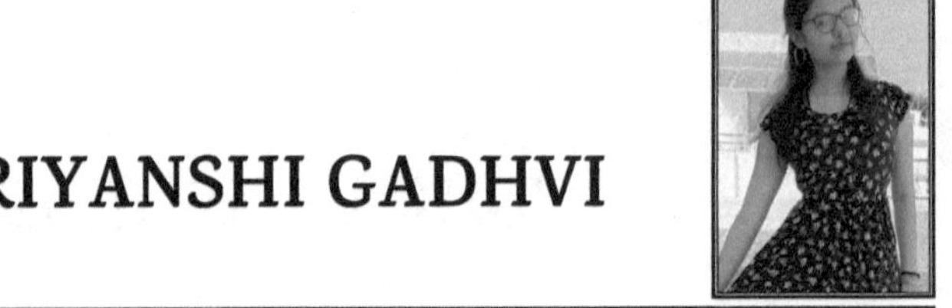

BIOGRAPHY

Myself priyanshi Gadhvi

As a writer I m known as piya.

I m an HR by proffession.I m from ahemdabad. I m 23 yrs old.Beside my actual proffession,I m a writer,singer,lyricist,numerologist and psalmist. I love to learn new things every day. My life is dedicated to serve humanity.I love to help people .I face every day with a new n optimistic attitude. According to my belief live life in such a way that people remember us after our death.....

@piya...

LAXMI DIXIT

BIOGRAPHY

Laxmi Dixit hails from the musical city Gwalior,Madhya Pradesh. She is writer, author, compiler, lyricist, editor and still on the way of progress. She got her name enlisted in Golden Book of World Records for having her writing along with poets of 18 countries in a book named First Women which is a collection of 124 poems dedicated to women who were first in their respective fields. She has her name enlisted in Golden Book of World Records for an online program "Bharti ke Lal". Redemption of book has been done recently in a program organised in Dar es Salaam,Tanzania by High Commissionerate of India Sri Binay Srikant Pradhan. She is coauthor of 100+ anthologies and has compiled 5. She has achieved Spanish Book of Records and Indian Book of Records for Music video album Bharat Ko Jaane having a song written by her. This video album has been released by Sri Sri Ravi Shankar in Tanzania. An online program based on it has been organised on Facebook in which renowned writers from 50 countries showed their presence. She has participated in many online writing challenges and open mics and has won many of them.

You can read more of her on her insta page @alphabet__street where she motivates people through her motivational quotes.

NEELIMA

BIOGRAPHY

Neelima Sankar is a poet, short-story writer, a storyteller and a law student too!

She is a co-author of 10+ books. And now working to publish a revolutionary book #LetsTalkTaboo.

She was born in Kerala and bought up in different parts of North India.

She started writing to let her thoughts out on paper, although later she started experimenting in almost all genre, most of her writings are derived from a fight with her thoughts!

She has worked with different famous publications like The Write Orders, Maybeify and so on. Also she is a professional classical bharatanatyam dance. She has also been doing line-editing, course writing, proofreading, reviewing, being arc- reader and beta- reader as freelancer.

To know more about her and to collaborate with her DM her on Instagram,

her handle - @neelima_sankar_

www.ingramcontent.com/pod-product-compliance
Lightning Source LLC
LaVergne TN
LVHW092036190726